CHEFS D'ŒUVRES DES LITTÉRATURES ANCIENNES

ILLUSTRÉS

SOUS LA DIRECTION DE M. HÉLOUIS

HÉRODOTE

EAUX FORTES

PAR LÉON CHOUBRAC

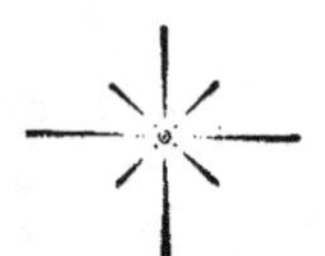

Vve A. CADART, EDITEUR, BOULEVARD HAUSSMANN. 56

PARIS

www.ingramcontent.com/pod-product-compliance
Lightning Source LLC
LaVergne TN
LVHW052035160826
845678LV00003B/1363

* 9 7 8 2 3 2 9 6 3 6 1 9 1 *